BARÇA TOONS

SANT JORDI I UN EQUIP DE LLEGENDA

FCB

Estrella Polar

Temps era temps, hi havia un estadi de futbol bonic i alegre que acollia, partit rere partit, el joc fantàstic del Barça i la il·lusió de molts i molts seguidors. Era el Camp Nou, on jugadors i seguidors s'emocionaven entre jugades magnífiques i cants engrescadors. El Barça els unia i els omplia de felicitat.

Quan hi havia partit, un munt de cadenes de televisió distribuïen les imatges arreu. Així tothom podia veure el Barça i més de mig món s'emocionava celebrant-ne els gols.

El Barça, un equip de somni, tenia més de cent anys d'història i havia guanyat tantes copes i trofeus que els culers se'n sentien orgullosos.

INIESTA
BOJAN
MAXWELL
KEITA
BUSQUETS
MILITO
PEDRO
MESSI
AFELLAY
ABIDAL

Estrella Polar
Col·lecció Estrella Polar

Autor i il·lustrador MUF ANIMATION

Estrella Polar, Peu de la Creu 4, 08001 Barcelona

Primera edició: març del 2011

www.estrellapolar.cat
info@estrellapolar.cat

Dipòsit legal: B.6.499-2011
Impressió: GRAFOS
ISBN: 978-84-9932-450-0

Però un dia els culers van patir una gran desgràcia. A mig partit, **un monstre alat molt ferotge** va arribar volant a l'estadi i es va instal·lar al bell mig del camp. Ningú no s'ho podia creure. Tothom es va espantar i va fugir cames ajudeu-me. Un drac s'acabava de convertir en l'amo i senyor del Camp Nou.

BARÇA TOONS
BARÇA
BARÇA TOONS

Heus aquí un drac malèfic que no podia suportar que el futbol fes feliç la gent. Els gols li feien enrogir les escates punxegudes que li cobrien tot el cos. I el posava molt nerviós veure com els jugadors feien pinya i s'ajudaven entre ells. Quan sentia cantar l'himne, treia foc pels seus esmolats ullals i quan s'avorria, per distreure's es cruspia objectes rodons, sobretot pilotes, pilotes i més pilotes...

L'entrenador, alertat per la situació, va reunir tot l'equip a la Masia del Barça, la seu del planter. Allà, tancats, els va demanar que pensessin estratègies per foragitar el drac, com ara posar sentinelles a la porta per vigilar que no s'hi acostés el monstre, i organitzar un equip d'exploradors i escaladors que s'enfilessin als murs de l'estadi per albirar què feia la bèstia. Els accessos al Camp Nou es van tancar. Tot va quedar en silenci. Ningú no sabia quina desgràcia els podia caure al damunt, però tot plegat no pintava gens bé.

FCB

I les males notícies no es van fer esperar.

«Vosaltres, mamarratxos!», va cridar el drac a Puyol i Piqué, que l'estaven espiant des del punt més alt del Camp Nou. «Demà vull aquí totes les pilotes que tingueu! I que a ningú se li acudeixi fer ni un sol toc mai més o se les haurà amb mi! Puc convertir aquest estadi en cendra en un tres i no res!».

«Ja ho veig», va dir Guardiola. «Aquest drac és capaç de tot i no ens podem arriscar a desobeir-lo. Som-hi, nois, comencem a recollir les pilotes, no vull que s'enfadi més».

Els jugadors, resignats, van començar a aplegar totes les pilotes que hi havia escampades arreu i van carregar-ne una bona pila per dur-la al drac.

Quina ràbia!
Què s'havia cregut!

A trenc d'alba, les pilotes ja estaven a punt. No els en quedava ni una. No podrien fer ni quatre tocs per recordar el regust del xut que els feia viure alegres i contents. Si el drac els prenia el futbol, els prenia l'ànima. Les opinions de tots coincidien: era totalment injust. El futbol blaugrana no podia acabar així.

El drac ja els esperava. Les punxes se li estarrufaven només de veure aquell munt de pilotes. Sabia que allò entristiria tot el reialme blaugrana i això li feia créixer més encara la força malèfica.

Però...

«No en tinc prou amb això!», va cridar el drac.

«Vull tots els trofeus blaugrana demà al matí».

Mentre el drac dormia, l'equip va organitzar una reunió d'urgència.
«És ben clar», va dir Guardiola, «ens vol destruir. Vol els nostres èxits, les nostres copes, les nostres pilotes d'or, els nostres guardons... I es pensa que si se'ns menja el passat ens deixarà sense futur. Però estigueu tranquils, el nostre futur és al cor dels nostres seguidors, és al record de tot el que hem viscut plegats i en la il·lusió per tot el que ens queda per viure junts. Però, ara per ara, no tenim cap altre remei que preparar tot el que ens demana. Hem de guanyar temps... Aquest drac és boig».

L'entrenador, amb la saviesa que el caracteritzava, els proposava una solució que, tot i que no agradava a ningú, potser era l'única, ben mirat. Si satisfeien el drac, potser els deixaria en pau i podrien tornar a construir el Barça. Al capdavall, tenien allò que era més important: el desig de fer bon futbol i de ser una gran família sense fronteres.

Hi havia tantes coses fantàstiques!

Copa d'Europa
(Wembley, 1992)

Copa d'Europa
(París, 2006)

Copa d'Europa
(Roma, 2009)

Les copes de les
quatre lligues de
1990 a 1994

La Recopa
d'Europa de 1989

La Pilota d'Or
de Ronaldinho
(2005)

La Copa de la
Lliga 2005-06

La Pilota d'Or
de Messi
(2009 i 2010)

Tota la família culer, entre espantada i enrabiada, va començar a carregar bocins d'història en carretons.

«Penseu que un partit no s'acaba fins que l'àrbitre no en xiula el final i aquí el final l'haurem de xiular nosaltres. Som el Barça i el Barça té un futur immens. Ens en sortirem, ja ho veureu! Demostrarem a aquesta mala bèstia qui som!», va exclamar l'entrenador.

Empenyent els carretons plens de trofeus, l'equip entrava al Camp Nou mentre a la fera, molt cofoia, ja se li estarrufaven les escates i escampava foc pertot arreu.

«Caram», pensaven tots, «potser no serà tan fàcil vèncer el monstre... Aquest drac sembla una bèstia molt ferotge».

Aleshores, quatre cavallers, Messi, Xavi, Puyol i lniesta, escollits per sorteig, van anar cap a l'estadi. El drac havia comès una falta greu, i ells, com a mínim, tenien dret a xutar-la.

Eren quatre cavallers ferms, imponents. Aquella situació els recordava la llegenda del cavaller català que havia lluitat contra el drac per salvar una princesa. Els temps havien canviat i ara ells havien de salvar tota una història i la seva gent.

Vestits de blaugrana, amb una pilota lluent i l'escut del seu cor per protegir-los, avançaven segurs cap a l'estadi.

«Què hi feu aquí?», els va dir el drac quan van entrar al Camp Nou. «També voleu ser destruïts?». «Som el Barça, fera ronyosa. Som més que un equip i més que un club! No et pensis que amb quatre flamarades i set punxes mal posades ens pots espantar!», va dir Puyol. «Avui et vencerem. Ja n'hi ha prou de fer el fatxenda!», li va etzibar Messi.

El drac, indignat per les paraules dels jugadors, es va inflar i va començar a treure unes flamarades enormes que haurien espantat qualsevol heroi.
Els jugadors van alçar l'escut del Barça per parar el foc que se'ls acostava i les flames es van convertir en una estela blaugrana que va rebotar i va caure sobre el drac com una pluja miraculosa.

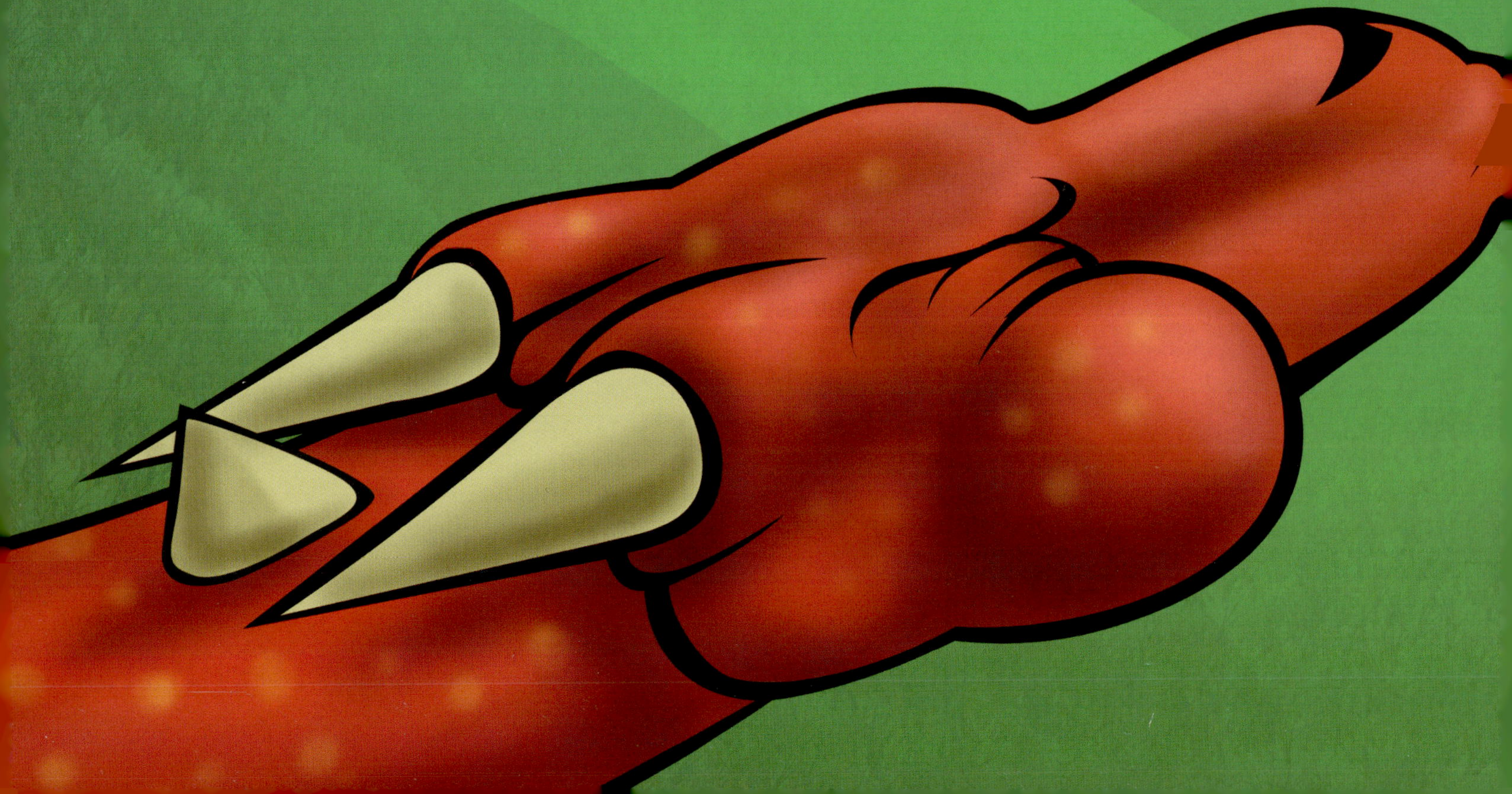

La força d'aquells colors va vèncer el drac, que va desaparèixer. Només en van quedar guspires blaves i grana.

Guardiola, des de la banqueta, se sentia l'home més feliç del món veient com jugaven els seus nois.

Diuen que la nit de Sant Jordi, el 23 d'abril, a cadascun dels punts on van caure les guspires del drac hi creixen roses blaves i grana. Una vegada més, el Barça va demostrar que ni el drac més gros no el pot aixafar i que el seu crit valent serveix fins i tot per espantar les feres més ferotges que us pugueu imaginar.

JEFFREN
VALDÉS
DANI
ALVES
PUYOL
PIQUÉ
XAVI
VILLA
ADRIANO
PINTO
GUARDIOLA
MASCHERANO